Maîtresse
en détresse

De la même auteure

Chez Soulières éditeur :
Le champion du lundi, 1998
Le démon du mardi, 2000, Prix Boomerang 2001,
    3e position au Palmarès de Communication-
    Jeunesse 2001
Le monstre du mercredi, 2001,
    2e position au Palmarès de Communication-
    Jeunesse 2002
Lia et le secret des choses, 2002
J'ai vendu ma sœur, 2002, Prix du Gouverneur
    Général du Canada 2003
Les petites folies du jeudi, 2003,
    Prix Communication-Jeunesse 2004,
    Grand Prix du livre de la Montérigie 2004
Le macaroni du vendredi, 2004

Chez d'autres éditeurs :
Les cartes ensorcelées, éd. Héritage, 1993
C'est pas tous les jours Noël, éd. Héritage, 1994
Mozarella, éd. Pierre Tisseyre, 1994
Mes parents sont fous, éd. Héritage, 1996
Fous d'amour, éd. Héritage, 1997
Le cadeau ensorcelé, éd. Héritage, 1997
La tête dans les nuages, éd. Héritage, 1997
La queue de l'espionne, éd. Héritage, 1999
L'école de fous, éd. Héritage, 1999
Le cercle maléfique, éd. Héritage, 1999
Sapristi, mon ouistiti, éd. Michel Quintin, 2000
Fou furieux !, éd. Héritage, 2000
Le pouvoir d'Émeraude, éd. Pierre Tisseyre, 2001
L'animal secret, éd. Michel Quintin, 2001
La sorcière vétérinaire, éd. Michel Quintin, 2002
Sapristi chérie !, éd. Michel Quintin, 2003

Maîtresse en détresse

**un roman écrit par
Danielle Simard
et illustré par
Caroline Merola**

SOULIÈRES | ÉDITEUR

case postale 36563 — 598, rue Victoria
Saint-Lambert (Québec) J4P 3S8

Soulières éditeur remercie le Conseil des Arts du Canada et la SODEC de l'aide accordée à son programme de publication et reconnaît l'aide financière du gouvernement du Canada par l'entremise du Programme d'Aide au Développement de l'Industrie de l'Édition (PADIÉ) pour ses activités d'édition. Soulières éditeur bénéficie également du Programme de crédit d'impôt pour l'édition de livres – Gestion Sodec – du gouvernement du Québec.

Dépôt légal: 2005
Bibliothèque nationale du Canada
Bibliothèque nationale du Québec

Données de catalogage avant publication (Canada)

Simard, Danielle

Maîtresse en détresse.
(Collection Ma petite vache a mal aux pattes ; 58)

Pour les jeunes de 6 à 9 ans.

ISBN 2-922225-015-X

I. Merola, Caroline. II. Titre. III. Collection.

PS8587.I287M34 2005   jC843'.54   C2004-941629-4
PS9587.I287M34 2005

Illustrations de la couverture
et illustrations intérieures:
Caroline Merola

Conception graphique de la couverture:
Annie Pencrec'h

Logo de la collection:
Caroline Merola

*À Véronique Lefebvre dont j'ai rencontré
la classe de 4ᵉ année, en 2003,
à l'école Charlevoix de Montréal.
Et à tous ses élèves qui m'ont inspiré
cette histoire et prêté leur prénom
pour mes personnages.*

Chapitre 1

Les petits énervés

Notre maîtresse a l'air ordinaire, mais il ne faut pas s'y fier. Car Véronique est un peu sorcière, par sa grand-mère.

Juste un peu. Oubliez le balai volant et le chapeau pointu. Véro roule en auto. Et puis, pour ce qui est de sa grand-mère, elle ne le dit à personne.

Pratiquer la sorcellerie n'est pas un métier apprécié dans notre société. Véro le sait très bien et elle se retient. Sauf qu'il ne faut pas l'énerver. Quand elle s'énerve, notre maîtresse jette des sorts. C'est plus fort qu'elle.

Elle nous a même jeté un sort dès le premier jour d'école. Parce que dans notre classe, voyez-vous, nous sommes vingt-cinq petits énervés très énervants. À la maternelle, nous étions super énervants. En première année, méga super énervants. En deuxième, extra méga super

énervants. En troisième, archi extra méga super énervants.

Voilà pourquoi l'ancienne maîtresse de quatrième année a décidé de changer d'école avant notre arrivée et voilà comment Véro a été engagée pour la remplacer. Nous sommes sa première classe.

Pauvre nouvelle maîtresse : elle n'avait jamais fait l'expérience d'énervés aussi énervants que nous !

Si bien que le jour de la ren-trée, vers 14 heures 30, elle nous demande bêtement :

QUI VEUT RACONTER SON ÉTÉ ?

Tous, bien entendu ! Et comme on se met tous à raconter notre été en même temps, Véronique doit crier très fort par-dessus nos vingt-cinq petites voix surai-guës :

— Levez la main pour parler !

Être énervé n'empêche pas d'être obéissant. Aussitôt, nous levons tous la main… sans cesser de parler pour autant. Véro, elle, commence à s'impatienter. Modérément.

Puis elle me pointe du doigt et dit :

—Toi, raconte-nous ton été. Les autres, écoutez !

Je poursuis donc en solo le récit de mes vacances au camping des Joyeux bouleaux. Les autres se taisent, la main toujours en l'air. En fait, c'est à qui tendrait le bras le plus loin. Plus une seule fesse ne touche à une chaise.

Vingt-quatre mains s'agitent vers Véro, comme si elle était la dernière bouée de sauvetage après un naufrage.

— Baissez la main ! hurle-t-elle.

Notre obéissance a tout de même des limites. En particulier celle de nos mains. Curieusement, elles s'agitent davantage. Les visages, eux, se font suppliants. Rick n'est plus capable de

se retenir. Pendant que j'explique comment j'ai perdu Gudule, ma grenouille, il s'écrie :

—Moi, moi, moi, j'ai été chez mon oncle !

Il n'en faut pas plus. Tout le monde se remet à parler en même temps. Et c'est la catastrophe : Véro s'énerve VRAIMENT.

Incroyable ! Vingt-cinq petits crapauds bondissent soudain de nos vingt-cinq bouches. Ploc ! sur nos pupitres ! Ça nous coupe

le sifflet tout net. Chacun veut baisser le bras. Mais il n'y a plus moyen. Les vingt-quatre bras restent dressés comme des antennes.

Heureusement que le mien n'était pas levé !

Des larmes commencent à couler. Catherine se précipite vers la porte, le bras levé. Véro lui barre le chemin.

—Retourne à ta place, s'il te plaît, Catherine. Calmez-vous, les amis. Dans deux heures, mon sort ne fera plus effet et vous pourrez baisser le bras. Mais d'abord, je vais tout vous expliquer.

C'est alors que notre enseignante nous dévoile son secret : sa grand-mère était une vraie de vraie sorcière. Hé oui ! Il en existe encore quelque-unes de par le monde !

En tout cas, la grand-maman de Véro a pris sa retraite de la sorcellerie quand elle est tombée amoureuse d'un homme normal, le grand-papa de Véro. Comme dans les plus belles histoires, ils se sont mariés et ont eu beaucoup d'enfants… normaux.

Mais lorsque leur fille aînée a mis au monde Véronique, notre maîtresse, toute la famille a compris que le nourrisson avait hérité d'un petit quelque chose de sa grand-mère. Dès qu'on tardait à lui donner le biberon, le

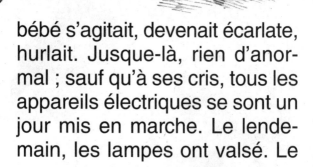

bébé s'agitait, devenait écarlate, hurlait. Jusque-là, rien d'anormal ; sauf qu'à ses cris, tous les appareils électriques se sont un jour mis en marche. Le lendemain, les lampes ont valsé. Le surlendemain, le lit de la petite a commencé à tourner comme une toupie !

Par bonheur, les sorts de bébé sont de courte durée : seulement deux minutes. N'empêche ! Ses parents ont pris soin de ne plus jamais contrarier Véro. Et comme celle-ci est plutôt paisible, elle a pu grandir à peu près normalement. Elle croyait même pouvoir se contrôler. Jusqu'à ce qu'elle tombe sur la classe des petits énervés les plus énervants !

Nous écoutons cet extraordi-
naire récit, les yeux ronds et le
bras toujours levé. Il est évident
que notre maîtresse n'est pas
vraiment une vilaine sorcière,
surtout quand elle s'exclame :

—Si vous saviez à quel point
je suis désolée ! Vous compren-
drez que je ne peux pas enseigner dans ces conditions.

À ces mots, Véro éclate en
sanglots, puis elle se mouche
avec un son de trompette triste.
On ne peut rien imaginer de plus
déchirant à voir ou à entendre.
Vicky chuchote :

—Non, reste, Véronique. On
va se calmer. C'est promis, juré.

—On ne le dira à personne,
pour ta grand-mère et le reste.
Ça restera entre nous, juré,
craché, renchérit Carolane.

Moi, je m'écrie :

—Levez la main, ceux qui veulent que Véro reste !

Là, tout le monde éclate de rire. Notre pauvre sorcière se remouche, avec un son de flûte joyeuse. En tant qu'expert en crapauds et grenouilles et en tant que seul élève à pouvoir utiliser ses deux mains, je me dépêche d'attraper les vingt-cinq crapauds. Véro trouve une boîte où les enfermer. Ensuite, chacun raconte calmement son été… par ordre alphabétique.

Steve Saint-Pierre dit son dernier mot juste comme la cloche sonne la fin de la classe. Nous sortons tous, le bras en l'air. Même moi, pour ne pas attirer l'attention. Quand la directrice demande ce que nous avons, Véro répond :

—Je leur ai jeté un sort.

—Oui, Véronique est une vraie sorcière ! crions-nous en choeur.

Personne n'a menti et tout le monde rit. La directrice aussi. Elle s'exclame, ravie :

—Enfin ! Ça prenait bien une sorcière pour calmer nos petits énervés !

Chapitre 2

LES GRANDS CACHOTTIERS

Nous sommes peut-être de petits énervés, mais nous ne sommes pas des traîtres. Personne n'a bavassé le secret de Véro. Même si ça n'a pas toujours été facile. Prenez ce fameux jour de la rentrée ! Se retrouver le bras en l'air à vingt-cinq, passe encore. Mais tout seul ou à deux, ça devient gênant.

Quand nous nous sommes séparés en sortant de l'école, plusieurs ont dû affronter les menaces, les rejets ou les moqueries des autres.

—Arrête de rire de moi et baisse ce foutu bras ! a ordonné la mère de Michel, quand il est rentré à la maison.

—Je ne peux pas, a-t-il simplement répondu.

Sa mère a insisté. Puis elle s'est VRAIMENT emportée. Et comme la mère de Michel ne sait pas comment jeter des sorts, elle s'est contentée de lui donner une punition :

—Pas de dessert, ce soir !

Au service de garde, on a laissé Vanessa et Léa toutes seules dans leur coin, parce qu'au bout de dix minutes, plus personne ne les trouvait drôles.

Des grands de sixième année ont suivi Benoît dans la rue, en riant comme des malades :

—Hé, tit-gars ! T'as un bras qui dépasse !

—Attention ! Tu vas te prendre dans les fils du téléphone !

Et ainsi de suite, jusque devant sa porte.

La bagarre a même éclaté dans un autobus scolaire. Jean-

Christophe et Jonathan ont récolté quelques bobos, mais ils sont devenus de véritables héros quand Kevin Dufort et Karl Lacasse ont voulu baisser leurs petits bras. C'était la première fois qu'on osait résister aux gros bras de l'école. Bien sûr, Jean-Christophe et Jonathan n'avaient pas le choix, mais ça, personne ne le sait. Sauf nous.

L'année a donc commencé avec un mal de bras et, depuis, nous avons mal partout, à force de nous retenir de bouger, de parler ou de rire pour ne pas énerver Véro.

Oui ! Nous affrontons chaque jour la pire torture pour tenir notre promesse. Mais, victoire ! Après plusieurs semaines d'école, notre sorcière ne nous a pas lancé un seul nouveau sort.

Mieux ! On ne peut pas rêver d'une meilleure prof que Véro. Avec elle pas de chichis ni de chouchous. On ne s'ennuie presque jamais et, en plus, elle nous lit pleins de romans épatants.

Par contre, rien n'est parfait. Dès que Véro n'est plus autour, nous explosons à la face des spécialistes et des surveillants. Impossible de faire autrement !

Nous devons absolument nous défouler.

En fait, nous sommes devenus de véritables bombes à retardement.

Et ça empire continuellement. Il ne faut donc pas s'étonner qu'il arrive aujourd'hui ce qui devait arriver. Le vacarme est incroyable. Le plafond va sauter. Nous voilà des fauves impitoyables, des singes haïssables, des pies intarissables ! En plein cours d'éduca-

tion physique, la classe au grand complet a basculé dans la vie sauvage.

Monsieur Meilleur, notre professeur, n'est pas dompteur. Sans fouet, il tourne en rond dans le gymnase, comme égaré au coeur de la jungle. Et quand je parle de jungle, je ne me trompe pas. Michaël saute tout à coup dans les cordages et grimpe jusqu'au plafond. À pleins pou-

mons, il pousse le célèbre cri de Tarzan et… Aaaaah ! Il se lance dans le vide.

Hourra ! Il a réussi à agripper la lampe la plus proche.

Nous bondissons comme des kangourous, les bras tendus vers le petit homme-singe qui se balance au-dessus de nos têtes. Pour ce qui est de nos exclamations, ça va du barrissement de l'éléphant au feulement du tigre, en passant par un nouveau cri de Tarzan, poussé cette fois par Nicolas qui se jette à son tour dans les cordages.

Mais il ne rejoindra jamais son ami. Monsieur Meilleur l'attrape avant par le fond de culotte.

— Va plutôt chercher le concierge ! lui ordonne-t-il.

La tête de notre professeur suffit soudain à tous nous calmer.

Quand Véro vient nous chercher, elle a à peine le temps d'apercevoir le concierge qui décroche Michaël de sa liane électrique. Monsieur Meilleur se jette sur elle comme un rhinocéros enragé.

—Ça ne peut plus durer, ma petite ! Si tu ne peux pas civiliser ton groupe, tu devrais peut-être songer à changer de métier, ma petite !

Pauvre Véro, on dirait une « petite » belette effrayée sous les crocs du mastodonte. Cependant, son oeil durcit à mesure que pleuvent les « bons conseils » du prof d'éduc.

—Si tu veux un bon conseil, ma petitttt...

Zzzzzzouippp ! Une longue couleuvre jaillit de la bouche du buffle et file comme l'éclair sur le plancher !

—Vous... vous... avez vu ? balbutie monsieur Meilleur, les yeux agrandis au maximum.

—Quoi ? demandons-nous de nos petites voix les plus innocentes.

—Le... la... blbllblll...

Le pauvre homme n'arrive plus à parler. Il bave trop. Son menton et son t-shirt sont inondés. Il doit fermer la bouche et

avaler, avaler, avaler. Finalement, il court aux toilettes, pendant que Michaël suit le concierge chez le directeur et que nous suivons Véro dans la classe.

Assise à son bureau, notre sorcière cherche son souffle, les yeux fermés. Nous voyons bien à quel point elle est inquiète. Soudain, elle se lève et écrit au tableau les exercices à faire dans notre cahier. Sans un mot, nous nous mettons au travail. Il faut dire que nous nous sommes assez défoulés pour aujourd'hui. Nous n'avons plus aucun mal à garder notre calme, ce qui nous permet de réfléchir un peu.

Monsieur Meilleur va sans doute mettre sa vision d'une couleuvre et son excès de salive sur le compte du stress. Mais si de tels phénomènes se répètent, Véro sera rapidement démasquée. Il va falloir nous retenir avec tout le monde. Sinon, nous risquons de perdre notre prof chérie !

À la récréation, nous nous mettons d'accord : à partir d'aujourd'hui, nous resterons sages, en tout temps, à l'école !

Nous réussissons à tenir notre résolution pendant quelques jours. Parce qu'à la maison, au moins, nous pouvons agacer nos parents jusqu'à les faire craquer. Véro, elle, n'en sera jamais informée. Malheureusement, nos parents se mettent vite à tomber malades, les uns après les autres. Et puis, il nous reste encore trop d'heures de classe pendant lesquelles nous devons serrer les fesses, les dents et les poings…

Si bien qu'après deux longues, très longues semaines, Guillaume se met à trembler sans pouvoir s'arrêter. Lashelle

s'arrache les cheveux à pleines poignées. Julie n'a plus d'ongles à force de griffer son pupitre. Mathieu D. grince des dents et Samantha pleurniche pour un rien. Certains sont plus blancs que le lait, d'autres aussi rouges que leur sang bouillonnant. Ça ne peut plus durer.

Heureusement, Nettra a soudain une idée. Il va porter son baladeur à Véro et la supplie :

—Tourne-toi vers le tableau et visse les écouteurs sur tes oreilles. Reste ainsi cinq minutes. D'accord ?

Véro accepte. Le volume au max, elle ne sait plus rien de ce qui se passe dans son dos. Elle doit bien sentir le sol vibrer sous ses pieds et la chaleur monter. Mais elle peut toujours penser à une cause naturelle, à un gentil tremblement de terre ou à l'éruption d'un doux volcan.

Les cinq minutes écoulées, elle fait de nouveau face à ses élèves. Ils lui apparaissent suants, soufflants, mais extraordinairement calmes.

Sommes-nous sauvés ?

Chapitre 3

LA GRANDE ÉPREUVE

C'est une réussite exemplaire !
La recette de Nettra se montre
efficace depuis plusieurs mois. Il
suffit que chaque demi-heure de
classe avec Véro soit entrecou-
pée de bienfaisantes tempêtes
d'énergie et nous nageons dans
l'harmonie.

Mes parents répètent cependant que les bonnes choses ne

peuvent pas durer éternelle-
ment…

Au retour de la semaine de
relâche, Véro semble bien grave.
Le repos aurait pourtant dû lui
faire du bien.

Tout le monde retient son
souffle pendant qu'elle marche
de long en large devant la classe.
Enfin, elle s'arrête et lance :

— Écoutez, les amis, j'ai beaucoup réfléchi pendant les vacances. Je sais que ça fonc-
tionne bien entre nous et je vous
en remercie. Sauf que vous ne
serez pas toujours mes élèves.
Et je ne pourrai exiger le secret
de toutes mes classes jusqu'à
ma retraite. Il n'y a donc qu'une
seule issue possible : je dois
apprendre à me maîtriser coûte
que coûte. Les amis, je vous
demande de m'aider. Énervez-

moi pour me mettre à l'épreuve !
Allez-y, énervez-moi !

Alexandra regarde Mélina qui regarde William qui regarde… S'il y avait une mouche, on l'entendrait voler. Et peut-être que ça irriterait Véro. Mais il n'y en a pas une et elle s'exclame :

—Hé bien, faites quelque chose !

On ne pourra pas dire que Mathieu R. n'est pas obéissant. Aussitôt, il pousse un rot digne du *Livre des records Guinness*. Véro lui adresse un sourire reconnaissant. Alexandre, lui, retrouve le plaisir de faire grincer sa chaise,

une vieille manie de l'année dernière. Véro ne perd pas pour autant son sourire.

Avec deux crayons, Samantha se met alors à jouer de la batterie sur son pupitre et c'est comme le signal du départ. Benoît com-

mence à froisser consciencieu-
sement des feuilles de papier,
tandis que Nettra en déchire
d'autres tout aussi conscien-
cieusement. Vicky distribue des
gommes « ballounes » à ses
voisins qui ruminent bientôt
comme des vaches et pétaradent

comme un feu d'artifice. Julie, quant à elle, n'arrête pas de soulever le couvercle de son pupitre puis de l'échapper. Michaël enlève ses espadrilles de grands sportifs, pose les pieds sur son bureau et commence à se balancer sur sa chaise. Lashelle crie de sa voix la plus pointue :

— Véro ! Véro ! Dis-lui de remettre ses souliers. Pouah ! Ça pue !

Benoît, qui a bien dû fabriquer cinquante boulettes de papier, les lance maintenant à travers la classe et tout le monde se les renvoie en poussant de petits cris. Pour mieux mitrailler ses adversaires, William grimpe sur son pupitre. Le temps de faire hurler Alexandra et bondir Mathieu R., le voilà qui glisse et s'écrase de tout son long par terre. C'est l'éclat de rire général.

En avant, Véronique redresse les épaules et gonfle la poitrine, fière de son endurance. Elle lâche avec un sourire moqueur :

— Voyons, les amis, vous mollissez. Je suis certaine que vous pouvez faire mieux.

Comment résister à une telle invitation ? Je pense tout à coup à ce qui horripile maman. Et j'ai ce qu'il faut dans la poche : un

bel élastique bien large et bien…
élastique !

Avec ma précision légendaire,
je vise Véro en étirant le projec-
tile au maximum. Zzzzztaffff ! Il
fend l'air et claque sur le front de
ma cible.

Zzzzztaffff ! Le regard froid de
notre sorcière fend l'air en sens
inverse. Je n'ai pas le temps de
l'esquiver. Un frisson me parcourt de la tête aux pieds et je
vois mes bras se couvrir de poils.

Je sens mes chaussettes et mes pantalons se remplir de poils ! J'entends le cri de stupeur des autres et le long soupir désolé de Véro.

—Un loup-garou ! Sauve qui peut ! s'écrie Vanessa qui renverse sa chaise.

—Mais non, ce n'est que moi. Rassieds-toi, je ne te mangerai pas.

—Véro, est-ce qu'il va toujours garder ses cornes ? demande Guillaume.

—MES CORNES !

Le cri m'échappe en même temps que mes larmes.

—Bien... bien sûr... qu'il va les perdre, balbutie Véro. Mes sorts ne durent jamais plus de deux heures. Hum... tu resteras dans la classe, à la récréation, d'accord ? Et puis, va donc dans le coin lecture. Il faut te faire le plus discret possible. On ne sait jamais, quelqu'un pourrait venir. Heureusement, vous n'avez pas de spécialiste ce matin...

Après ça, c'est le silence absolu.

Plus personne n'a envie d'exaspérer Véro. Elle bredouille encore :

—Mais… mais, voyons… Ne vous laissez pas impressionner. Un élève normal ne lancerait jamais un élastique à la tête de son prof. Agacez-moi comme des élèves normaux et vous ne risquerez rien.

C'est gentil pour moi, ça ! En tout cas, aucun élève de cette classe n'a l'air normal pour l'instant. On jurerait qu'un nouveau sort de notre sorcière les a transformés en statues.

Ça continue comme ça, quinze, vingt minutes… À la vingt-cinquième minute, certains se mettent à grouiller. Oh, à peine ! À la trente-deuxième,

Nettra s'exclame d'une voix angoissée :

—Véro, on devrait être en pause défoulement depuis deux minutes déjà !

Chapitre 4

SAUVE QUI PEUT!

On l'aime bien, Véro, mais il y a des limites ! Pas facile de rester calme sans pause défoulement ! Il y a maintenant un mois que ça dure et nous vivons dans la terreur. Comment savoir ce qui va irriter notre sorcière ?

Par exemple, Mathieu D. a pu se balancer sur sa chaise toute une journée et même tomber par terre trois fois sans qu'elle ne lui jette un sort. Au contraire, elle l'a félicité pour ses louables efforts !

Quand Steve, par contre, a oublié, pour la quatrième fois consécutive, ses devoirs, Véro s'est tellement fâchée qu'elle lui a remplacé la tête par une ampoule électrique. Éteinte, en plus ! Naturellement, lui aussi a dû passer deux heures dissimulé derrière le paravent du coin lecture.

Véro a prétendu que ce n'était qu'un accident de parcours. Que ça ne se reproduirait plus…

N'empêche que Mélina s'est retrouvée à miauler. Alexandre a dû rentrer chez lui à quatre pattes. Nicolas est devenu invisible, comme Klonk, son héros ; ce qui aurait pu lui plaire, s'il n'avait pas été paralysé en plus. Rick, lui, est devenu muet pendant quatre

heures. Il faut croire qu'il avait terriblement énervé Véro, pour qu'elle lui jette ainsi une double dose de sortilège. Jonathan a soufflé du feu comme un dragon et le dessus de son pupitre en est resté tout noirci. Catherine a dû sauter un dîner parce qu'elle avait les dents soudées et Carolane a passé deux heures la tête en bas : Véro l'avait transformée en chauve-souris !

Pour ma part, après le coup du loup-garou, je ne voulais surtout plus goûter à la sorcellerie.

Il fallait que ça cesse. Et pour ça, nous devions devenir plus paisibles que des limaces. Mais comment ?

Tout à coup, j'ai pensé à maman. Depuis quelque temps, elle était devenue étrangement calme. Quel était son secret ?

Eh bien, c'est tout simple !

Quand elle est stressée, ma mère respire par le ventre. En fait, c'est une façon de parler. Elle respire toujours par le nez. Sauf qu'au lieu de laisser l'air ressortir aussitôt, elle l'aspire maintenant jusque dans son ventre. Elle se concentre même sur l'air qui gonfle son bedon ballon, très lentement, puis l'air s'en retire tout aussi lentement.

Maman dit qu'elle écoute son souffle. Ainsi, elle n'a aucune idée stressante et elle devient très calme.

J'ai essayé son truc. Et ça marche ! Bien sûr, j'ai expliqué ça à Guillaume, qui l'a expliqué à

Mélina, qui l'a expliqué à plein
d'autres… si bien que, depuis
trois jours, toute la classe respire
par le ventre.

Grâce à moi, nous sommes de nouveau sauvés ! Plus de loups-garous ni de chauves-souris ! Même plus d'énervés méga énervants !

Le plus drôle c'est que, moins nous sommes énervants, plus Véro devient énervée. Elle se ronge les ongles, se gratte la tête, se mord les lèvres. Et voilà que, ce matin, elle nous regarde un à un, les sourcils froncés.

—Rien du tout, Véro, l'assure Michel, entre deux respirations profondes.

—Qu'est-ce que vous attendez pour agir ? Toi, Rick, dis quelque chose ! Toi, Alexandra, fais-nous rire un peu !

Rick ferme les yeux pour mieux écouter son souffle. Alexandra en fait tout autant.

—C'est quoi, ces mines de momies ? s'écrie encore Véro.

Notre pauvre prof semble au bord des larmes. Juste à côté de moi, Léa n'est pas dans un meilleur état. Je vois bien qu'elle respire de plus en plus rapidement. Elle voudrait tant aider Véro !

Je lui fais de gros yeux pour l'empêcher d'obéir.

Bon ! Léa baisse à son tour les paupières. Je vois son ventre s'arrondir.

Personne ne bronche. Je suis fier de nous. Mais plus notre respiration ralentit, plus celle de Véro s'accélère, s'accélère et… POUF! Je me ratatine à toute allure sur ma chaise. En avant, mon bureau me cache la vue. Je me tourne vers Léa.

AAAAAH! SUR LA CHAISE DE LÉA IL N'Y A PLUS QU'UNE TOUTE PETITE ARAIGNÉE!

Je me tourne de l'autre côté : pareil sur celle de William !

Je me penche. Sur ma propre chaise : je ne vois plus que le devant de mes fines pattes velues.

Je n'ai donc pas échappé au sort de mes voisins. Beurk ! Ces bestioles me font horreur !

Sur le coup, je me mets à crier, mais ça ne produit pas plus de bruit qu'un ongle qui pousse. Véro, par contre, échappe un cri à vous glacer le sang.

Au fait, les araignées ont-elles du sang ? Je me demande même si elles ont des oreilles…

À moins que nous ayons gardé nos têtes d'humains… Lia et William sont trop loin et trop minuscules pour que je puisse vérifier. En tout cas, j'entends bel et bien Véro qui ordonne :

—Surtout, que personne ne bouge ! Restez sur vos chaises !

J'entends ses pas qui vont et viennent dans la classe et les couvercles des pupitres qui se soulèvent et se referment l'un après l'autre.

Au secours ! Deux doigts gigantesques s'emparent de moi. Je fais un grand tour de manège

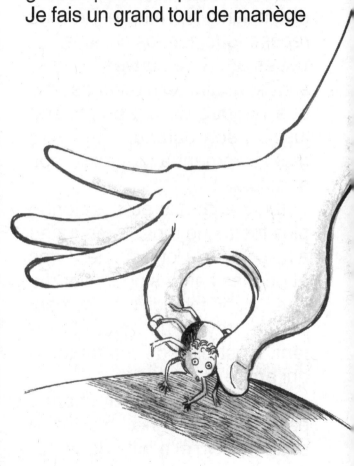

jusque dans… Oh, non ! Il fait noir là-dedans !

—Ne vous en faites pas ! clame encore Véro. Dans une heure et cinquante-huit minutes, je vous repose tous sur vos chaises.

Les bruits de couvercles cessent soudain. Je n'entends plus que les pas de notre sorcière, jusqu'à son bureau, où elle se met carrément à pleurer à gros sanglots.

Il n'y a jamais eu d'araignée plus triste que moi. Je me traîne à huit pattes le long de mes livres et de mes cahiers pour aller me terrer au fin fond de mon bureau. Je me croyais un héros. Pourtant, c'est bien de ma faute ce qui arrive là.

Et puis zut ! Je n'ai changé personne en araignée, moi ! Véro exagère. Qu'elle aille donc tra-

vailler dans la forêt enchantée, à la fin !

J'ai beau me fâcher, ses pleurs me fendent le coeur. Et quand elle se mouche, on dirait un bateau qui lance des appels de détresse.

—Les amis ?

Oh ! Elle va parler !

—Les amis… si vous m'en-
tendez, je veux que vous sachiez
que je regrette terriblement ce qui
est arrivé…

La fin de sa phrase se noie un
peu, mais notre brave Véro sur-
nage.

—Je promets de ne plus jamais faire souffrir un enfant. Oui,

je le promets. Alors n'essayez pas de me retenir. J'ai enfin compris le bon sens et ma décision est prise : je démissionne.

Là-dessus, elle renifle un coup sec. Puis elle murmure :

—De toute façon, vous ne devez plus avoir tellement envie de me retenir…

Moi, je n'arrive plus à retenir mes toutes petites larmes d'araignée.

—Au cas où vous m'entendriez, reprend-elle d'une voix plus assurée, je vais vous lire un roman pour vous distraire un peu, en attendant. Je viens justement

d'en découvrir un super et j'avais hâte de le partager avec vous.

Je n'ai plus du tout envie qu'elle s'en aille dans la forêt enchantée. Ses sorts mis à part, Véro, je l'adore ! Si seulement elle pouvait se calmer. Dans le fond, ce n'est pas aux autres que j'aurais dû enseigner mon truc, mais à elle.

BIEN SÛR !

Comment n'y ai-je pas pensé avant ?

Le bonheur, c'est de se faire conter une bonne histoire, bien calé au fond de son pupitre. Je n'ai même pas vu le temps passer.

—Si vous m'entendez, les amis, grimpez en haut de vos

piles de livres et de cahiers. Je vais vous remettre sur vos chaises un à un. Ensuite, restez surtout en place !

Au troisième couvercle soulevé, Véro s'exclame :

—On dirait que vous m'avez entendue. Tant mieux ! C'était un super roman, hein ?

Deuxième tour de manège entre les doigts de Véro ! Je cligne des yeux dans la lumière, impatient de lui apprendre mon truc.

Après quelques secondes, un long tremblement parcourt mes membres qui s'étirent. Mes pieds rejoignent le sol et ma tête dépasse mon pupitre à grande vitesse. Seul Michaël n'a pas suivi la consigne et se retrouve la tête par terre et les pieds en l'air.

Chapitre 5

BON SORT, MAUVAIS SORT !

Véro a beau être une excellente prof, elle n'en est pas pour autant une élève formidable. J'ai dû la garder vingt minutes après la classe pour lui faire enfin comprendre le truc de ma mère.

Véro respirait comme un petit oiseau. Elle ne laissait entrer que très peu d'air par ses narines. Et ce peu d'air-là avait tout juste le temps de descendre jusqu'à ses épaules qu'elle le rejetait aussitôt.

Aspirer beaucoup d'air, lentement, et jusque dans son ventre, lui semblait aussi loufoque à réaliser qu'un numéro de cirque.

Heureusement pour elle, je suis un excellent dompteur. Elle a donc fini par le réussir, son numéro !

Comme devoir, ce soir-là, je lui ai donné un exercice d'une demi-heure de respiration, la main sur le ventre.

Le lendemain, quand Steve lui a annoncé qu'il avait oublié son devoir à lui, Véro a d'abord gardé le silence. Moi, je voyais son ventre s'arrondir et s'aplanir lentement, une fois, deux fois... À la sixième fois, notre sorcière a semblé revenir sur terre. Avec un drôle de sourire, elle a dit :

Une punition ! C'était bien la première fois que Véro donnait une punition. Les autres m'ont aussitôt regardé comme s'ils me devaient ce mauvais sort. Les ingrats ! J'avais le goût de les changer en araignées.

En tout cas, l'année s'est terminée sans que Véro jette de nouveau sort. Grâce à qui ? À moi qui ai dompté mon professeur !

Et comme nous avions appris, nous aussi, à nous calmer, Véro n'a pas eu à donner beaucoup de punitions non plus. De temps en temps, elle se contentait de lancer : « Lashelle, écoute ton souffle ! » ou « Mathieu, respire par le ventre, ça va faire du bien à tout le monde ! »

Une chose est certaine : l'an prochain, Véro enseigne mon truc à ses élèves dès le premier jour !

En attendant, c'est aujourd'hui la fête de fin d'année. Toute l'école est réunie dans la grande salle et notre super prof est resplendissante.

Elle n'arrête pas de recevoir des félicitations. Même la directrice s'est exclamée :

—Mademoiselle, vous avez réussi un véritable miracle avec nos petits énervés.

—Oh ! ce sont plutôt eux qu'il faut féliciter, madame. Si vous saviez tout ce qu'ils m'ont appris

cette année ! a répondu notre sorcière bien-aimée.

Je dis encore sorcière, parce que Véro sait peut-être retenir ses sorts quand elle s'impatiente, mais elle n'y parvient pas toujours quand elle est gênée. Martin, le beau stagiaire de troisième année, est venu à la fête. J'ai

bien vu qu'il regardait souvent Véro et qu'elle aussi le regardait. Plein de petits coups d'oeil qu'ils se lançaient et qui s'attardaient dès que l'autre avait les yeux ailleurs.

Eh bien ! Martin s'est approché d'elle, tout à l'heure. Moi et Vanessa, on était juste à côté. On a tout vu et tout entendu.

—Tu es vraiment une prof épatante, lui a-t-il dit. J'aimerais ça qu'on se rencontre cet été pour parler de tes méthodes éducatives. Une sorte de cours privé, a-t-il ajouté en riant nerveusement.

—Avec plaisir ! s'est empressée de répondre Véro.

Elle était rouge radis. Martin était rose bonbon. Il a alors pris sa main dans la sienne et il s'est exclamé :

—C'est toi qui me fais plaisir !

Ssssouiiiiip ! Deux roses lui sont aussitôt sorties par chacune des oreilles sans même qu'il s'en aperçoive. Vanessa et moi, on les a aussitôt ramassées. À cet instant, Martin a ajouté avec un second petit rire gêné :

— Tu ne me croiras pas, mais je suis incapable de laisser ta main.

—Oh ! oui, je te crois, a sou-
piré notre pauvre Véronique, dont
la figure passait du rouge radis au
blanc radis. Il… Il faut que je
t'avoue quelque chose, Martin.

Et elle lui a tout raconté, pour
sa grand-mère et le reste. Puis
elle a confessé :

—Grâce à mes élèves, je ne
jette plus de sort quand je

m'énerve. Mais je vois qu'il m'arrive encore d'en jeter lorsque je suis très, très émue, comme maintenant. J'ai beau faire de grands efforts pour me guérir, je reste tout de même un peu sorcière.

Elle semblait si chagrinée que Vanessa et moi, on avait le coeur serré. Martin, par contre, ne paraissait pas du tout peiné.

— Tu te trompes, a-t-il déclaré. Tu n'es pas une sorcière. Tu es ma fée.

Je n'ai jamais rien vu de plus beau que le sourire de Véro à ces mots. J'ai eu peur que la joie ne lui fasse jeter un nouveau sort, mais en bonne élève, elle a bien respiré.

Maintenant, l'heure est venue de nous séparer pour l'été. Plusieurs pleurent. Comme on dit : cette année restera à jamais gravée dans nos coeurs !

Nous quittons la grande salle un à un, pendant que Véro nous souffle de petits baisers de sa main libre. Depuis une heure, elle et Martin ne se sont plus lâchés. Les autres n'y voient que la magie de l'amour. Nous, nous connaissons la vérité.

Véronique est une fée !

Danielle Simard

Un jour, j'ai fait une rencontre d'auteure dans la classe de la vraie Véro, qui n'est pas une vraie sorcière. Tous ses élèves agitaient la main pour me poser des questions. Par exemple, ils m'ont demandé si j'allais écrire un livre sur eux. J'ai répondu que je ne les connaissais pas assez. Puis, je leur ai suggéré de baisser la main. Ça devenait trop énervant, à la fin. Bizarrement, ils ont tous tendu le bras encore plus haut et Véro a dit : « Il n'y a rien à faire, ils ont toujours la main en l'air ! »

Pouf ! Comme si elle m'avait jeté un sort, le début de *Maîtresse en détresse* est apparu dans ma tête. « Oui, je vais écrire un livre sur votre classe ! » me suis-je aussitôt exclamée.

Caroline Merola

En 4ᵉ année, Caroline avait deux émissions de télé favorites : *Ma sorcière bien-aimée* et *Jinny*. Dans ces séries télévisées, les vedettes étaient une sorcière et un génie féminin vivant dans une bouteille. Les deux vedettes étaient drôles et jolies.

Caroline rêvait d'être comme elles ; drôle, jolie et surtout capables de faire de la magie. Elle aurait pu faire ses devoirs sans effort et ensorceler le merveilleux Francis dont elle était amoureuse. Ça ne s'est jamais produit. Heureusement d'ailleurs, car elle a revu Francis dernièrement et il n'est pas aussi beau qu'elle l'imaginait.

Ta semaine de lecture avec Julien Potvin

Le champion du lundi

Julien est un élève modèle. Il recevra la médaille du Champion du lundi… mais cette médaille lui en fera voir de toutes les couleurs !

Le démon du mardi

Julien suit des cours de natation. Mais il y a aussi Lucie Ferland, qui se moque de lui tout le temps. Un cauchemar ? Sûrement, s'il n'y avait Gabrielle que Julien aime en secret…

Le monstre du mercredi

Odile place les élèves en équipe de deux. Julien se retrouve avec le monstre de la classe ! Comment se sortira-t-il des griffes de Steve ?

Les petites folies du jeudi

Julien et Michaël sont tous deux amoureux de Gabrielle. Michaël propose de lui acheter un cadeau. Julien n'a pas d'argent de poche. Suffit-il d'en avoir pour déclarer son amour ?

Le macaroni du vendredi

Dernier jour d'école ! Odile demande à ses élèves de faire un exposé oral. Julien veut bien sûr épater les élèves de sa classe. Un champion du lundi peut-il devenir la nouille du vendredi ?

PROTÉGEONS
NOS FORÊTS

Ce livre a été imprimé sur du papier Sylva enviro 100 %
recyclé, traité sans chlore, accrédité Éco-Logo et fait à partir
d'énergie biogaz.

Achevé d'imprimer
sur les presses de Marquis Imprimeur
en novembre 2007